시집 밖의 시인들은
얼마나 시답잖은지

달아실기획인 시인선

03

시집 밖의 시인들은
얼마나 시답잖은지

박제영 시집

달아실

아내가 죽자 장자는 곡哭 대신

대야를 두드리고 노래를 불렀다

20년 전에 죽은 시집
푸르른 소멸을 부끄럽지만 되살린다.

오답으로 얼룩진 삶이라 해도
원망할 것 없다
죽음이라는 정답을
곧 손에 쥘 테다
삶은 지리멸렬했으나
죽음은 저리 단호한 법
우연히 왔다
반드시 간다
일생이 불평부당한 야바위 노름판이라 해도
곧 확실한 패를 손에 쥘 테다
어떤 타짜도 죽음이라는 패를
밑장빼기할 수 없으니
사기칠 수 없는
죽음이야말로 얼마나 공정한가.

2024년 시월에

박제영

| 차례 |

시인의 말　　05

1부. 다시 폭설

사막　　12

새 떼　　13

낙엽　　14

본색　　15

갠지스　　16

다시 폭설　　18

출벽　　20

도로 아미타불　　22

낙타　　23

화분　　24

꽃 진 자리　　25

즐거운 놀이　　26

아뇩다라삼먁삼보리　　28

증명사진　　29

도화지에 일몰을 그리다　　30

2부. 환상통幻想痛

허공의 집   32

잘라낸 머리   34

감각의 비계   36

이미지들, 루머에 지나지 않을   37

죽음에 관한 번다하고 심오한 언설들   38

아내는 통화 중   40

삶이란, 그 반대편이라 믿고 있는 죽음이란, 가령 이런 것이다   42

환상통幻想痛   44

나무裸無   46

아내의 서랍   48

닭집 여자   50

낮달   51

3부. 플라스틱 플라워

정보화 사회　54

귀로歸路　55

정오의 희망곡　56

보도블록의 껌자국　58

안개　60

매향리　62

심야식당, 사내들　64

껌과 멍 혹은 죽음에 대하여　67

헤라클리투스의 다리　68

플라스틱 플라워　70

녹색등과 적색등 사이　73

공황장애를 앓고 있는 시민 H와의 인터뷰　74

아버지의 엑스레이 사진　76

모월 모일　78

음모　80

4부. 슬픈 산타 페는 슬프다

고래   82

시인 K, 고도를 기다리는   84

구체적으로 살아 있다는 것은   85

남대천   86

황사   87

노을   88

몸살   90

봄날 꽃을 바라보다   92

기억하라   94

기억 상실   95

카메라 옵스큐라   96

프시케, 나비, 영혼   99

까치밥   100

불과 겨울나무에 대한 상상   101

죽음은 삶의 일부가 아니라는 비트겐쉬타인氏의 주장은 틀렸다   102

슬픈 산타 페는 슬프다   103

곡우穀雨   104

5부. 버리지 못한 편지

시집 밖의 시인들은 얼마나 시답잖은지　106

취한 피　108

버리지 못한 편지　110

그 여자, 문을 열지 않는다　111

살색은 살색殺色이다　112

동전의 옆면　114

시인의 잡설_ 잡념과 잡설로 나의 30대는 지나갔다 · 박제영　118

1부

다시 폭설

사막

시간을 건너온 것은 모두 사막이다

소슬히 뒹구는 낙엽이 사막의 무늬를 지녔듯이

늙은 아비를 덮은 주름이 사막의 징후이듯이

시간이 걷히면 사막이 된다

새 떼

지상의 극장을 떠나는

저 무섭고 무거운 퇴장

저 차갑고 황홀한 엑소더스

저것은 비명

진혼의 곡哭 소리

개와 늑대 사이의 시간이 머지 않았다는 징후

모든 분별이 지워진 시간이 오고 있다는 징조

마침내 건너야 할

시간의 그림자

낙엽

이슬 젖은 볕이 아직 마르기도 전에
지상을 떠나는 유령들
태초에 코라가 있었다
카오스가 있었다
있다
말의 혼돈
말의 곡哭

저기, 저
가을숲을 덮어버린
붉디붉은 만장輓章들
숲을 흔드는 울음소리

본색

봄비 내리고
봄밤 사흘 등불 밝혔던
목련이
졌다
바닥이 쇳물로 흥건하다
더럽다며
발바닥에 붙은 목련
꽃잎을 떼어내는
저 사내에게
목련의 본색은 무엇일까
목련이
졌다

갠지스

바라나시로 간다
갠지스가 흐른다는

시장을 끼고 돌다
어느새 길을 잃었다 싶으면
트랜지스터 회로와 같던 골목들은
스스로 강의 기슭에 닿았다

하늘에서, 땅에서, 물에서
뼈를 드러낸 생들
그들이 토해낸 배설물들
주검까지도 다만 하나의 덩어리가 되었다

어쩌면 태초에 저 반죽이 있었으리라
잿빛 연기 너머 시체 한 구가 던져지고
연꽃이 뿌려지고
어디서 날아들었을까
까마귀들이 카론인 양 물길을 내고

까악 까악
이국의 표정을 좇아온
까만 얼굴의 아이가 꽃을 건넨다
1달러짜리 종이꽃이 떠가면서
붉어지는 강

다시 폭설

창밖은 지금 시리도록 흰 폭설
32년 만이라고 한다
눈이 부시게 부활한 저 하얀 섬

사방의 길은 일순 끊기고
길 위에서 길을 잃은
주인마저 떠나버리고
발목이 접힌 채
모래를 싣고 올
그러나 끝내 오지 않을
낙타를 기다리다가 지친
골절된 채 고립된
저 바퀴들을
너는 왜 슬퍼하는가
저것들은 지난 32년 동안
너를 끌고, 밟고, 질주하던 것들
지워진 저 경계들은
바로 어제까지 너의 숨통을 옥죄던 동아줄

그러니 저 폭설을 기뻐하라

이것은 찰나의 순간이리니

너의 발자국을 남기라

그리고 기억하라

눈이 그치고 다시 태양이 떠오르면

혁명은 끝날 것이니

바퀴들은 너를 끌고 질주를 다시 시작할 것이고

다시 몸을 드러낸 경계선들은 칼이 되어

너의 숨통을 조여올 것이니

지금을 기억하라

너의 발자국을

비로소 네 몸의 주인이 된 이 순간을

다시 폭설이 온다면

그것은 너의 안에서 올 것이다

너의 안에서

출벽

벽에 걸린
삼백육십오 일
팔천칠백육십 시간
오십이만 오천육백 분
삼천일백오십삼만 육천 초
돌고 또 도는
벽시계 바늘 같은
나를 이제 떼어내기로 한다

시간이란 시간을 모두 꽁꽁 묶어
베란다 구석에 던져두었다가
수요일 아침
병, 종이, 플라스틱 분리수거 표찰 앞에서
잠깐 서성대긴 하겠지만
이내 아무 데고 툭 던져버리면 되겠지

눈이 부셔
비로소 푸른 저 햇빛

플라스틱 뻐꾸기 숲으로 들어가고

도로 아미타불

나무는 겨울에 비로소 나무裸無다
뼈대만으로 세상의 밑그림이 된다
비움으로 채워진 나무裸無다
나무裸無는 더 큰 나무다 참 나무다
간디는 그러므로 나무다
석가가 나무이듯 예수도 나무다
세상의 어미들이 곧 나무다
스님의 말씀은 틀린 게 하나 없는데
그러나 어이하랴
당장의 이 곤궁을 어이하랴
당장의 이 생계를 어이하랴
말짱 도로 아미타불인 것을
말짱 도로 아미타불인 것을

낙타

사막이 되어버린 여자를 위해 사내는 낙타눈썹을
산다 사내는
외눈박이 낙타를 타고 사막을
건넌다 사내는
춥고 그보다 더 목마르고, 그보다 더 길게 돌아누운
사막 위에서 이윽고
길을 잃는다

충혈된 눈의 저
외눈박이 낙타들, 추락한 자들, 落他들

화분

베란다 구석에 화분 하나 있지 않은가
물도 주고 거름도 주었지만 결국 나무는 말라버렸고
차마 버리지 못해 버려둔 그 화분 말이다

그렇다면 들여다보아라
말라버린 그 키 낮은 나무 아래
푸른 싹이 돋아나고 있을 것이니

버려둔 시간 위로
풀은 스스로 자란다

꽃 진 자리

밤새 비가 내려
오동나무 꽃 진 자리

옹이처럼
단단한 무덤 하나

즐거운 놀이

딸아, 가을 숲에 가자꾸나
마침내 충분히 살았다
이윽고 지고 있는 것들 보여주마
물이었으니 물로 돌아가고
흙이었으니 흙으로 돌아가고 있음을

모르겠어요

딸아, 가을 숲에 가자꾸나
후툭 후투툭 지국총 지국총 어사와
빗소리, 바람소리, 낙엽소리, 벌레소리, 새소리, 짐승의
울음소리
들려주마 마침내 모든 소리
허이 헤이허 오호호호 오 오행
만가輓歌로 화음됨을

모르겠어요 무서워요

가엾은 것 두려워하지 말거라

이것은 숲이 겨울을 준비하고 봄을 맞이하는 즐거운
놀이란다

언제고 아빠도 가을 숲이 될 것이야

그러니 딸아,

그때가 되면 슬퍼할 일이 아니라

오늘 이 놀이를 기억해야 할 것이야

즐거운 놀이를

모르겠어요 자꾸 눈물이 나요 이젠 집에 가고 싶어요

아뇩다라삼먁삼보리

한때 빛나던 은유를 잃어버린 채,
세기말 난간에 매달린, 낡디낡은 외투의 저 비둘기를
바라보는 일은 쓸쓸한 일이다

캄캄하게 어둠이 내려도 도시는 불빛 환하지만
네온으로도 비추지 못하는 사각지대는 있기 마련
마침내 모든 상징이 떨어져 나간 자리

우리는 그곳에서 나왔거나 그곳으로 돌아가리라

증명사진

초로의 저 사내는 특별한 단골이다
일 년 중 이맘때면 증명사진을 찍으러 오는데
벌써 이십 년째다
이유가 궁금해서 물으면
대답 대신 웃음으로 넘기곤 했는데
아내 무덤에 해마다 증명사진을 묻어왔다는
뜻밖의 이야기를 들은 것은 바로 작년의 일이다

웃으세요
요즘은 증명사진도 웃으며 찍는 게 유행이랍니다
(웃는 낯으로 만나셔야지요)

선생이 봐도 이제 몰라보게 늙었지?

도화지에 일몰을 그리다

불덩이를 삼킨 숲이 훅훅
달뜬 숨을 내쉰다 마침내
컥 붉은 알들을 토해낸다
보라 일제히 부화한 새들
새까맣게 숲을 넘고 있다

2부

환상통 幻想痛

허공의 집

이곳은 여자들의 집이다
상처 입은 말들이 일어나 이윽고 뼛속의 멍을 드러
내는 집이다

도둑처럼 몰래 들어와 비밀의 빗장을 연다
방마다 가득한 아직도 마르지 않은 피의 흔적들
벽에 걸려 있거나 허공에 매달려 있는
아슬아슬한 멍자국들
내 아버지의 아버지의 아버지들이
그 아들의 아들의 아들들이 만들어낸

이곳은 하늘에 세운 지하 세계이거나
지하에 세운 천국일지도 몰라
존재와 부재가 겹치는 곳
물과 불이 하나 되는 곳
생명이 시작된 곳

판도라의 상자를 열고 말았어

불구의 가계家系를 알고만 거야

하얗게 일어나고 있는 저 불순한 피

어깨에서 가슴으로 온몸으로 번지는 푸르른 멍들

잘라낸 머리

노혜경의 <잘려진 머리>를 변주한다

잘라낸, 내가 잘라낸 저 머리 선반 위의 저
아직도 웅얼대는 소리 새어 나오는 입술
침묵하라 했건만
목 잘린 채 나를 노려보는 저 눈
빛

두려운 나는 긴 머리채를 쥐고 흔들다 팽개친다
피범벅 속에서 웅얼거리는 소리 노려보는 눈
무쇠 뻰찌로 이빨을 뽑아버려야 해
저 분노의 얼굴을 완전히 해체해야 해
복종하도록 침묵하도록 영원히
문신을 새겨야 해 침묵의 입이라고
나를 태어나게 한 저 입을, 기억을 막아야 해

막아버린 입 너머 열리는 저 구멍
광야를 달려오는 말발굽 소리 같은 저 동굴의 소리

심장을 찢어낼 것 같은 저 땅의 울림
저것들은 도대체 무엇이지

유성처럼 내리는 빛나는 돌들
도무지 피할 수 없네
아, 아,
우, 우,
나는 잘못한 게 없는데

감각의 비계

사무실로 배달된 편지
붉은 단풍잎으로 가린 한 문장
가을이에요

가을이었구나
아내가 거기 있었구나

붉디붉다 그예 잎이 다 지도록
갈이 저리 깊도록
눈치채지 못한 무디어짐
이 지독한 무디어짐
암처럼 퍼진 감각의 비곗덩어리
잘라낼 수만 있다면
저 개한테나 던져주었으면

이미지들, 루머에 지나지 않을

어제의 순수한 여배우가 오늘은 히로뽕으로 최음제로 섹스로 마약으로 어느새 마녀가 된다 신문이 TV가 라디오가 잡지가 게걸스럽게 먹어치운다 내가 당신이 우리 모두가 만들어낸 저 루머에 지나지 않을 이미지들을

진실은 없다

잡설도 시가 된다 아니 잡설만이 시가 된다 빛나는 은유는 없다 잡스런 상징만이 있을 뿐 나는 이미지다 고로 존재한다 아니다 나는 아무것도 아니다 루머다 유행이다 감기다 바람이다 아무 것이다 튓

죽음에 관한 번다하고 심오한 언설들

그것들은 실상 죽음을 살아가는 일상인들의 생활세계로부터 소외된 허사虛辭에 가깝다.

— 김영민, 「죽지 않은 죽음」 중에서

모월 모일 아이들이 잠든 새벽 아내와 나는 잠을 이루지 못하고 있었다

– 난 이제 죽어가고 있는 모양이야.

– 어차피 다 죽어가는 거지요.

– 살아간다는 것은 처음부터 거짓인가?

– 길게 보면 그렇지만 짧게 보면 매 순간 살아가는 것 아닐까요?

– 더 길어야 되는 것은 아닐까? 내가 죽어 종이 보존되는 그 길이만큼 길어져야 비로소 살아가는 것, 개체의 죽음으로 전체가 사는 것, 그런 거 아닐까?

– 모르겠어요.

– 우리 오랜만에 그거 할까?

– 당신 피곤할 텐데.

– 당신과 그거 하면 피곤이 풀려 잠도 더 잘 오고.

– 술 마셨구나. 당신 술 마시면 그거 하려고 하잖아.

　모월 모일 아내와 나는 밤새 파도를 탔다 철썩 처얼썩 쏴아 쏴아 그렇게 살았다죽었다 살았다죽었다살았다 모월 모일

아내는 통화 중

남편은 부재중이야 아니 조금씩 사라지고 있다고 해
야겠지
정확히 말하면 남편은 그림 퍼즐이었어
처음에는 모든 조각이 맞춰 있었고
가끔씩 흩어지더라도 다시 맞추면 되었지
그건 아주 쉬운 일이었어
그런데 어느 날부터 퍼즐 조각이 더 작아지고 많아진
거야
점점 더 맞추기가 어려워진 것이지
물론 어렵게 어렵게 맞출 수는 있었어
문제는 말이야 아예 조각들이 사라지고 있다는 것이야
간신히 맞추고 보면 군데군데 빈 곳이 생기고
그 조각 그림이 어떤 모양이었는지 생각도 나질 않아
이제는 몇 조각 남은 것으로 다만 상상을 하곤 하지
원래의 그림을 말이야

남편이 출근하고 나면
그가 읽던 책들 속에서 아무렇게 쓰여진 낙서나

밑줄 그어진 문장으로 남편의 조각을 맞춰보기도 하
지만

조만간 아니 결국에는 상상만으로 그림을 맞추게 되
겠지

그거 알아?

가끔 잠든 남편의 얼굴을 만져보는 거야

그러면 아직 몸의 부피와 체온이 느껴지지

아직은 말이야

그런데 그런 날은 언제나 악몽을 꾸곤 해

이윽고 투명해진 그가 나를 부르는데

나는 도무지 그를 찾을 수가 없는 거야

지금 당신의 아내는 통화 중인가

그렇다면 거울을 들여다보기를

서서히 투명해지고 있는 당신을

삶이란, 그 반대편이라 믿고 있는 죽음이란, 가령 이런 것이다

1. 망각의 레이스

일상은 망각이라는 레이스를 짜서 당신의 밥상을 덮고, 레이스는 삶을 덮고 죽음마저 덮어버린다, 세 살 된 조카 해맑은 웃음 속에서, 이제 누가 기억할 것인가, 백일이 채 되지 않아 모세기관지염으로 중환자실에 입원해야 했던, 생멸의 예각 위에서 날카롭게 흔들렸던, 제 어미 밤낮으로 살려달라고 눈물 흘렸던, 그 지난했던 일들을, 그러므로 죽음의 그림자는 더 이상 어디에고 없는 듯 보였다

2. 우주를 삼킨 씨앗 하나

한 사내 응급실 앞에서 울고 있다, 여자가 사내의 옷을 잡아 흔든다 실성한 것처럼, 사연인즉, 첫돌 막 지난 자식 눈을 들여다보면서 네가 곧 우주로구나 감격하다가 마침 잘 익은 포도송이 한 알 주었는데 그것이 기도

에 걸린 것이다 응급실에 도착했을 때는 이미 늦은 일, 장례식장 뒷마당 검은 포도나무 한 그루 심어져 있다면 그렇다면 우주를 삼킨 씨앗 하나 자란 것이다, 생각해보면 모두 제 역할에 충실했을 뿐, 누구에게 죄를 물을 것인가

3. 산란탑

케이비에스 특집 다큐멘터리를 본다, 동강의 어름치가 산란을 하면서 돌탑을 쌓는다, 일층 이층 삼층 이윽고 오층탑이 세워진다, 층마다 마련된 알들의 보금자리, 어름치는 알고 있다, 또한 제 무덤인 것을, 사흘의 탑돌이가 끝나고 어름치 다른 물고기들의 먹이가 될 때, 알에서 깨어난 치어들 돌 사이에서 보았으리라 어미의 죽음을, 그렇다면 말해보라 당신은 지금 삶을 다큐멘트하고 있는 것인가 아니면 죽음을 다큐멘트하고 있는 것인가

환상통幻想痛

비가 내리거나 안개 자욱한 새벽이면
신음소리에 잠을 깬다

믿지 않겠지만,
아내가 시집올 때 가져온 낡고 해진 장롱이며
기울어질 대로 기울어진 식탁이며
가구家具들이 울음을 삼키고 있는 것이다
미처 삼키지 못한 울음이
가장 낮은 음계로 새어 나오는 것이다

날이 흐리면 소리가 더 멀리 전달되고,
날이 흐리면 나무는 팽창한다는 사실을
내 모르는 것이 아니다
흐린 날 나무가 팽창하는 소리라고
말하진 마라

그렇다면 창밖으로 캄캄하게 몰려든 느티나무 숲은
어떻게 설명할 것이냐

유리에 부딪치는 저 검은 바람은
어디서 온 것이냐

나무였던 생_生이, 숲이었던 기억이
아직도 서러운 것이다

나무裸無

생의 기억을 다 잃을 때까지
독기를 잃지 않았던
저 몸

뼈와 거죽만 남은
저 몸의 내력을 기억한다

1911년 생
2002년 졸
망국亡國의 백성으로 태어나
전쟁통에 남편을 잃고
육 남매를 낳아 어린 딸을 잃고
청상과부가 되어
오 남매를 키워야 했던
살기 위해서
독을 품을 수밖에 없었던
탐진 최씨 사람
최자 신자 환자

생의 기억을 다 잃고도
벽에 똥칠할 때까지
미련을 놓지 않았던
저 몸

내가 할머니라고 불렀던
저, 텅 빈 몸

아내의 서랍

아내에게는 서랍이 없다

서랍은 잃어버린 세계의 비밀이 숨겨져 있거나 기억을
키우는 곳
가령 당신의 서랍 속 구석에 유년의 상처와 공증받은
유서 한 장 숨겨져 있고
딸의 서랍 속에 버린 줄 알았던 낡은 인형 몰래 키우
고 있듯이

당신과 딸이 아내의 비밀인 줄은 나중에야 알게 되었
지만

아내의 서랍은 없다

서랍은 목책 너머 은밀히 키우는 화원
가령 당신과 딸의 서랍 속에는 이끼가 자라고 있을 것
이다
언제고 꽃 필 때를 기다리면서

당신과 딸이 아내의 서랍인 줄은 나중에야 알게 되겠
지만

닭집 여자

낡은 회벽으로 빨래처럼 널린 붉은 닭들
그 너머의 속풍경을 들여다본 적이 있다

닭집 여자는 숙련된 솜씨로 닭을 잡았다
털을 뽑고 내장을 발라내고 피를 헹구고

뜨끈한 내장들을 닭장 속에 던져 넣으면
닭들은 서로 먹겠다 한바탕 소란을 피고

닭집 여자는 그 모습 멍하니 바라보았다

낮달

청청한 하늘 저
돌,
그림자 같은

수만 년
새들이 알을 낳고 날개를 묻은 곳
이제는 투명해진

무덤처럼 엎드려 있는 저
여자,
달 같은 저 여자

3부

플라스틱 플라워

정보화 사회

피씨의 씨피유에 저장된 당신의 기억들이
어느 일순 사라진다
재생불능의 상태는 일상적 경험이 되었다

부재의 가능성을 내재한
아니 이미 혹은 여전히
부재한 존재들

0과 1 사이에 흐르는
소름끼치는 당신과 나의 영혼을 뒤흔드는
전율電律

피씨를 꺼라
씨피유 대신 당신의 심장을 켜라

경고!
치명적 오류 발생

귀로歸路

비가 오면, 깻묵을 개어 바른 어항을 묻고 돌무덤으로 샛길을 터주면 그만이었다 밤새 물이 불고 수압이 높아지면 제 터를 떠날 수밖에 없는, 샛길을 통과할 수밖에 없는 약시弱視의 고기들이 있었다

비가 그치고, 기억을 더듬어 어항을 꺼내면, 참붕어와 은어 몇 마리 아직도 믿기지 않은 듯 지느러미를 펄떡거렸다

비가 내린다, 새벽 두시, 범람한 길 위로 제 터를 잃은 것들이 쏟아져 나온다, 회귀어回歸漁처럼 꼬리에 꼬리를 문 채, 춥고 흐린 강을 건넌다, 건널 수 없는 길인 줄 알면서도, 다다른 그곳이 제 뼈를 드러내야 하는 곳인 줄 알면서도, 여기까지 왔다

갑자기 좁아지는 길, 앞의 무리를 따라 핸들을 꺾는다, 돌아 나올 수 없는 외길인 것을 알지만, 약시의 눈으로 혼자 가기에는 이 어둠이 너무 깊다

정오의 희망곡

견인차와 구급차와 경찰차가 뒤섞인
아비규환의 도로
내가 보았던 직전의 풍경은 이랬다

너희 목숨은 내가 관장하리니
너희는 죽음의 쾌락을 즐기라
속도와 속도의 열락을
타나토스를 향해 질주하는 폭주족들
희열에 들뜬 굉음들

생을 담보한 흰색 줄을 따라
불안에 떠는 아이들의 저 손들
높이 쳐들린, 살려달라고
길 잃은 어린 양을 구해줄 천주는
교회당 벽 속에 갇힌 지 오래
비명과 함께 실려 가는
버려진 어린 양들

정오의 희망곡이

희망에 찬 노래들을 흘려보내는

한 줌 햇살이 눈부신

하오

희망의 하오

보도블록의 껌자국

흠칫, 인기척에 돌아보면 보도블록의 검은 껌자국들 낮게 엎드려 있다 희한하게 작은 껌자국이 보이고(그는 아주 어릴 때 친구였을 게다) 유난히 큰 껌자국도 보이고(그는 한때 나의 보스였나보다) 때로는 거친 껌자국도 보이고(그는 나와 심하게 다툰 다음 뱉어진 모양이다) 때로는 제법 흰 껌자국도 있다(그는 누구일까)

고개를 돌리고 이내 나의 두 발은 여전히 어딘가를 향해 진행 중이다 진행 중이란 무엇이지? 여전하다는 것은 무엇이지? 어디로 가는 것이지? 이 상투적인 질문조차 대답 못 하면서 나는 하나의 문장을 쓰고 말았다 그게 지금 나의 일상이고 진행 중인 일생이다 가끔 뒤돌아서서 껌자국을 세어보기도 하지만, 껌을 씹다가 길바닥에 버리기도 하지만, 그뿐이다 더 이상 나의 문장은 진행되지 못한 채 마침표를 찍고 만다 도중하차 퉷, 그의 입에서 튕겨져 나온다

어느 날 그가 날카로운 끌로 나를 떼어낼 것이다 떼어

58

내주었으면 좋겠다

　보도블록은 너무 차갑다

안개

안개가 범람한 외곽 순환도로는 오늘도 정체
매일 겪는 통과의례, 특별시로 들어가기 위한
만선을 꿈꾸는 저 욕망의 덩어리들

정적을 깨는 사이렌* 소리
사이드미러 속에서 질주하는 두 개의 라이트
사이렌은 속삭인다
가속페달을 밟아라 어서, 죽음 같은 건 예감하지 마라

모든 단단한 욕망들이 풀어져 수초가 된다
가로등이 풀어지고
표지판이 풀어지고
고압의 자세로 서 있던 송전탑마저 풀어져
수초가 된다
컨테이너를 싣고 가던 트레일러도
모래를 싣고 가던 덤프트럭도
고급의 저 외제 승용차도
저의 뿌리가 풀어져 수초가 된다

꿈쩍할 것 같지 않던 저 거대한 산도
산의 뿌리도 풀어져 섬이 된다
사이렌의 섬

섬의 깊은 동굴 속
수초를 먹고 자라는
사이렌이 키우고 있는
안개,

차갑고 푸른 기운이 당신의 모가지를 휘감는다

• 사이렌(Sirens): 오디세우스여, 그녀들의 노래에 취하지 말라. 바위에 부딪쳐 죽을
  수도 있으니.

매향리

어제 그 땅을, 개처럼 몰래 돌아다녔다

매화 대신 부식된 쇠붙이들 꽃처럼 피어 있는
노을이 없어도 붉은 녹내의 땅
나무도 물도 사람들도 버려진 아그리빠처럼 회색빛으
로 정지해버린
아이들만은 아랑곳없이 햇살만큼 눈부신 경기도 화
성군 매향리*

그기 구비섬이 있었든 기라, 이 농섬도 이제 반쪽 아니
가, 반쪽

넋두리 묻은 노인의 호미질에
게들이 일제히 갯벌의 구멍으로 숨는다
포탄이 떨어져도 피할 구멍 없는 노인들은 다만 바지
락을 캐고

우습게도!

나만이 그곳에서 너무도 혼자였다

* 경기도 화성군 매향리의 미군 사격장에서 열화우라늄탄이 사용되었을 의혹이 제기
되고 있다. 매향리는 이미 잘 알려진 바와 같이 인근 지역 육상 및 해상 728만평이
한미상호방위조약과 한미행정협정에 의해 1951년 8월부터 50여년 가까이 미공군
전용 폭격연습장으로 이용하는 곳이다. (오마이뉴스, 2000. 5. 16.)

심야식당, 사내들

사내 #1

하루쯤 제끼고 밤새 술을 마시는 거야 해가 지는 것이 하루살이에게는 생애를 마감하는 비장함이겠으나 샐러리 인생이야 어차피 간단없는 일상의 바퀴가 돌아가는 것이려니 어쩌겠어

사내 #2

내가 왜 예수 형님을 존경하는지 아나 예수 형님이 말이다 열두 명밖에 안 되는 애들 데리고 다 깨부셨거든 그것도 맨주먹으로 말이다 연장 들고 쪽수로 덤비는 사두개파와 바리새파 자슥들 이단옆차기로 깨버리고 로마를 접수했잖아 그거뿐이가 베드로라는 꼬붕이 배반했을 때도 괘안타, 니 잘못 아이다, 그랬거든 사내 중에 사내 아이가

사내 #3

내거 생각하는 그런 곳이 아니야 나도 처음엔 의심했는데 그게 아니더라구 우리는 다 한 가족이야 행복해질

수 있어 황금이 바로 옆에 있다는 걸 가르쳐주고 나눠주려는 거지 네 꿈을 이룰 수 있다니까 그래도 네가 제일 친하니까 알려주는 거지 아무한테 이러지 않아

사내 #4
그럼 나도 연예인하고 술 한번 먹을 수 있겠구먼 내가 조금 꼬부쳐논 거 투자할 테니까 연결시켜줄 거지 거 있잖아 요즘 잘나가는 그 애도 데리고 있다며

사내 #5
그놈이 다 그놈이지 뭐 한 놈이라도 제대로 된 놈 보았어야 말이지 이번에는 다시 경상도가 해먹겠지 내가 안 찍어도 결과는 뻔하지 않겠어 경상도구 전라도구 다 깡패새끼들이야 정치한다는 놈들 말이야 들으면 어때 들으라고 하는 소린데

사내 #6
마시자고 산다는 게 뭐 별거 있겠어 그냥 한잔 쭉 들

고 취해버리자고 잊어버리자고 누가 그랬잖아 술잔 속에
별이 있고 달이 있고 인생이 있다고

사내 #7
영업 끝났습니다 아쉬운 분들은 내일 또 오시기 바랍
니다 감사합니다

택시! 택시! 따블! 안양 따블! 부천 따블! 분당 따따블!
새치기하지마, 누가 새치기한다고 그래 이거, 어, 택시!
일산 따블! 따!따!블!

껌과 멍 혹은 죽음에 대하여

아파트단지에상복을입은사람들이모여있다
크레인에매달린채사각의관이내려오고있다
쇠줄에매달린주검은남은자들의짐일뿐이다
집에눌렸던자리에한동안이야멍이남겠지만
이제죽음은지워버려야할자국에지나지않아

쓰레기통을 두고 왜 바닥에 뱉고 지랄들인지 모르겠네
생멸의 소란에는 관심 없다는 듯, 경비 아저씨는 다만
쭈그리고 앉아서 바닥의 껌들을 떼어내고 있을 뿐이다
그러고 보니 여기저기 뱉어낸 껌들로 검게 멍들어 있다

모월 모일
껌과 멍 혹은 죽음이 그렇게 내 곁을 스쳐갔다

헤라클리투스의 다리*

2002년 여름 전 세계가 물난리를 겪고 있다

강의 범람이 결핍을 낳고
결핍이 실존을 낳고
실존이 문명을 세웠다

삶과 죽음의 경계를 흐르면서도 정작 강은,
어느 것에도 젖어들지 않는다
어느 목숨 뛰어든다 한들 강은,
제 흐름을 멈추고 돌아보지 않는다
강은, 세상의 모든 유심有心을 다 담아내고도 무심無心
이다

젖지 않고 건너기 위해 다리를 세우지만
젖지 않고는 건널 수 없다는 것을 알면서도
다시 다리를 세우고
둑을 쌓는다 해도 차면 넘친다는 이치를 알면서도
다시 모랫둑을 쌓는다

더 큰 범람이 온다 해도 누구 하나 깨닫지 못하겠지만
범람은 곧 결핍의 드러남이고
그 칼끝 위의 순간이 비로소 실존의 시간이다

사람들은 다만 강을 건넌다
건널 뿐이다
사가들은 이것을 역사라고 적어왔지만
가끔 후각이 예민한 시인이 있어
해 저문 강가에서 죽음의 냄새를 맡을 수는 있겠지만
대개의 나와 같은 사람들은
오늘도 그저 밥 벌러 저 강을 건널 뿐이다
가끔 시각이 예민한 시인이 있어
저무는 노을 속에서 생의 고독이 운명임을 찾아내기
도 하겠지만
나는 다만 밥 벌러 저 다리를 건널 뿐이다

• 마그리트의 그림

69

플라스틱 플라워

마을 입구, 에덴화원에서는 생화 대신 플라스틱 플라
워를 판다

그 집에 들어서면 꽃보다 먼저 눈에 띄는 것은 현판이다

도나 에이스 아에테르남 레퀴엠

뜻을 아는 사람도 없지만 물어보는 사람도 없다

흠칫 궁금한 표정을 들키기라도 하면

검은 외투에 붉은 스카프를 두른 주인 남자는 중얼거
린다

그들에게 영원한 안식을 주리니

네 피는 이제 휘발하지 않을 것이며

뼈와 살은 더 이상 부식하지 않으리라

도나 에이스 레퀴엠

그럴 때면 입술 사이로 흰 송곳니가 드러난다

몇 년 후

마을에는 집집마다 플라스틱 플라워가 피어 있다

창백한 달빛 아래 검은 개 한 마리 골목길을 빠져나가

고 있다

(음악) 미완성 레퀴엠 d단조 K.626이 흐른다

다시 몇 년 후

공동묘지 앞 정류장,
낡은 시외버스가 먼지를 날리면서 멈추어 선다
창밖을 내다보던 아이가 무엇인가를 가리키며 묻는다
엄마, 저기 저 도나 에이스 레퀴엠이 뭐야
방금 올라탄 사내의 알 듯 모를 듯한 미소

2003년 1월 8일

라엘리언 무브먼트* 한국 지부 대변인 신디氏(44)는
"인류를 구원할 수 있는 최선의 선택은 영생이며 그 수
단은 인간 복제"라고 단호히 말했다

• 라엘리언 무브먼트는 2002년 12월 최초의 인간 복제 탄생을 주장했던 클로네이드 사의 모체이며, 지구상의 생명체는 외계인류에 의해 DNA의 유전자 조작으로 창조 됐다고 주장하는 종교 단체다.

녹색등과 적색등 사이

녹색등燈이 켜졌다

백만 년 전의 유전자 기억을 따라
한 무리 누우 떼가 세렝게티 평원을 횡단한다
모천母川을 찾아
붉은 연어 떼가 태평양을 횡단한다
이윽고 사람들, 횡단보도를 건너고 있다

적색등燈이 켜졌다 아무 일도 없었다

생각해보면
직립보행 이래 인류의 자서전이란 그런 것이다

공황장애를 앓고 있는 시민 H와의 인터뷰

주차하고 돌아서는데 차갑고 축축한 혓바닥이 뒷덜미를 핥으며 속삭이는 겁니다

아마존 밀림이 나의 제국이었지 너희 족속에게 잡혀 이렇게 사육당하기 전까진 말이야, 방심하지 말라구 날카로운 발톱으로 네 심장을 도려낼 수도 있으니까 아직도 뜨거운 피가 그립거든 언제고 증오가 내 야성을 깨우는 날이 올 것이니 네 종족들에게 그대로 전해야 할 것이야

아내가 그러더군요 밤새 끙끙 앓더라고 꿈이었구나 생각하고 차를 찾으러 갔는데 사람들이 모여 있는 겁니다 어떤 미친놈이야! 글쎄 골목의 차들이 모두 예리한 송곳 같은 것으로 찢겨져 있는 겁니다 꿈이 아니었어요 흥분한 사람들 사이로 분명히 보았으니까요 쇠사슬에 묶여 있는 의자를 아니 그르렁거리면서 비웃고 있는 놈의 붉은 눈을 침을 흘리고 있는 놈의 검은 혓바닥을

경찰은 최근 대치동 주택가에서 벌어진 무단주차방지

의자 연쇄방화사건과 타이어 연쇄펑크사건의 강력한 용의자로 H씨를 검거, 방화 및 기물파손 혐의로 구속영장을 신청했다 한편 용의자 H씨는 심한 공황장애를 앓고 있는 것으로 알려졌다

아버지의 엑스레이 사진

형광등 아래 흑백사진이 걸려 있다

붕괴 직전의 건물처럼 기울 대로 기운 척추와
휠 대로 휜 갈빗대
사십 년의 무게를 고스란히 드러내고 있는
낡아질 대로 낡아져
철거 명령을 속절없이 기다리고 있는
흑백으로 탈색된 빈집 한 채
저기 허공에 걸려 있다

현미경이 아무리 정밀한들
아버지의 내력까지 들여다볼 수는 없겠지만
식구들이 떠나고 아궁이에 불이 꺼지면
집은 폐허 쪽으로 조금씩 기울어진다는 것을
엑스레이로 판독할 수는 없겠지만
그러니 의사로서도 속수무책이겠지만

나는 문득,

아버지의 증세가 오래된 폐가에서 들린다는 그
캄캄한 울음소리일지도 모르겠다고
생각을 하는 것이다

모월 모일

모월 모일 날씨 우울, 시베리아를 건너온 북서풍이 골목을 휘돌아 나가고 있음, 이렇게 시작하자

몇 건의 계약이 취소되고 직원 월급을 위해 은행 대출계에 다녀온 이야기는 빼버리자

다음 달이면 회사 문을 닫을 수 있다는 말도 진부하다

오늘도 어제처럼 퇴근했고
몇 개의 골목길을 지나 집에 돌아왔다고

말들이 매립된 헌책방
시간들이 파업 중인 시계방
구두가게의 저, 길 위에서 닳지 못하고 세월 속에서 낡아진 구두들
그리하여 좌판 너머 풍화되고 있는 표정들만 지나면
그래 저 골목길만 지나면
거기 나의 집이 있다는 단순한 사실만을 기록하자

생生이 휘발되었다는 불길한 이야기는 쓰지 말자

모월 모일 영구차 한 대가 시장 골목을 빠져나가고 있
었다

음모

카이로스의 시선으로 본 세기의 순간들,이란 부제가
붙은 앙리 카르티에 브레송의 사진집은, 침묵으로만 말
할 수 있는 이 모든 것,이라는 루이-르네 데 포레의 문장
으로 시작되고, 라이너 마리아 릴케의 말테의 수기는, 사
람들은 살기 위해 파리로 와서는 죽어가고 있다,는 말로
시작된다

오늘 우체부가 건네준 속도위반 범칙금 고지서에 선
명히 찍힌 시속 80km에 낀 검은 양복의 사내,가 당신이
라는 증거는 없다, 당신은 시속 10만 7천2백80km로 공
전하고 있는 이 별의 속도를 기억하고 있는가, 폴 고갱은
왜, 우리는 어디에서 왔고 누구이고 어디로 가고 있는가,
라는 그림을 그려야 했는가

당신은 단지 집적회로에 기억된 데이터에 불과하다, 아
니라면 내 말이 틀렸음을 증명해봐라

4부

슬픈 산타 페는 슬프다

고래

나를 알아보았군

이제 진실을 말해주지

바다 속에서 바라본 하늘은 눈이 부셨어

태양은 그 어느 때보다 이글거렸고

일순 푸른 초원과 눈 덮인 산이 보인 거야

욕망이 일더군

그놈에게 영혼을 팔아서라도 한번 가보고 싶은

그놈은 너무 깊은 곳에 있어서 아무도 본 적은 없어

하지만 우리 고래들은 알고 있어

가장 깊은 바다에는 그가 살고 있지

고래의 사체를 먹고 사는

바다 속에서 고래 사체를 볼 수 없는 것은

다 그놈이 먹어 치우기 때문이지

그놈이 원하는 것은 고래의 영혼이야

천 개의 영혼을 먹어야 저주가 풀린다더군

내가 바로 구백구십구 번째의 영혼이 되었지

거대한 검은 손이 나를 들어올리더군

바다 위를 솟구쳐 올랐어

세상을 보았지
만성의 그리움에 시달리게 했던 그 모든 것들을
그러니 후회는 없어
그런데 이것만은 명심하길 바라
다른 사람들에게 나를 보았다는 사실을 말한다면
그놈이 찾아올 거야

알프스에서 발견된 미라*를 두고
학자들의 의견이 분분하지만
나는 안다
고래의 비밀을
발설해선 안 될
그놈의 그림자가 두렵다
바다 속 깊은 그곳

* 1991년 알프스산맥 빙하 속에서 꽁꽁 얼어붙은 채 발견돼 아이스맨이라 이름이 붙은 5,300년 전의 석기시대 원시인은 오늘날의 기준으로도 동물성과 식물성이 잘 조화된 식사를 즐겼던 것으로 밝혀졌다. 아이스맨은 그러나 장염으로 만성 설사에 시달렸고, 관절염도 앓고 있었던 것으로 나타났다. (한겨레신문, 1999년 7월 25일자)

시인 K, 고도를 기다리는

 그는 지금까지 바다를 응시해왔지 빛은 수면을 따라 수면 위에서 어떤 것은 머물고 어떤 것은 튕겨져 나가고 또 어떤 것은 미끄러지지 그도 아닌 것은 뚫고 들어가는 거야 시간이 흐르자 자꾸만 눈이 시렸어 랭보씨에 의하면 영원한 것은 빛과 바다의 경계에 있다고 하지 않던가 그러니 믿었지 돌고래가 지나간 자리 정어리 떼가 지나간 길 위로 비늘이 떠오르면 갈매기들이 몰려들었어 그들도 바다를 응시해왔던 거야 빛을, 수천의 고깃배들이 떠나고 돌아올 때까지 눈이 시리도록 그리하여 그물눈을 뚫고 나온 영혼이 갯지렁이처럼 쏟아져 내리도록 응시해왔지 미끼를 덥석 문 고래가 요동치며 수면을 가르고 솟구쳐 올라올 때까지

 태양의 빛이 사라지면
 별들의 빛이 몰려들 테니
 별마저 잠긴다면 달의 빛이 있을 테니
 언제가는 저 빛과 바다를 가르며 길이 열리고
 고도는 찾아올 테니

구체적으로 살아 있다는 것은

영혼의 통점痛點을 자극하는 비린내,
창백한 살에서 풀어지는 바다의 기억,
차마 냉동될 수 없었던

저 고등어는 삶도 죽음도 아닌
경계에 갇힌 유령이겠구나
아직도 제 추억을 거두지 못한

냉장고를 열면
절여진 생선의 결빙된 눈과
눈을 통과한 바다의 비린내가
통증처럼 몰려든다

구체적으로 살아 있다는 것은 얼마나 설레는 일인가
구체적으로 죽었다는 것은 또한 얼마나 설레는 일인가

남대천

갈대가 요동치고 물고랑이 펼쳐지면
시리도록 푸른 그림자
그들이 온다

마침내 비늘이 다 떨어져 나갈 때까지
무엇도 막을 순 없을
저 유전된 꿈들

시월의 남대천은 삶과 죽음이 뒤엉킨 강
어미의 꿈을 삼킨
붉디붉은 알들

설악도 따라 붉다

황사

타클라마칸에서 불어온 모래바람 속에서
집집마다 창문 겹겹이 닫힌 길 위에서
서른 살의 스벤 헤딘과
서른 살의 기형도를
기억한다
죽음의 문턱에서 비로소
슬프도록 아름다운 사해沙海의 빗살무늬를 바라보고
있을
두 영혼의 눈물을

사막의 오아시스는
그러한 영혼들의 눈물샘이 아니던가

노을

노을에 잠긴 수천의 붉은 실핏줄들
땅과 하늘의 기슭에 즐문櫛紋의 퇴적층을 만드는
이윽고 그 경계를 범람하고야 마는
저것을 지중해 너머에서 본 적이 있다

올레, 올레, 자파테타*
파국을 예감하는 직전의 비명들
투우사의 붉은 천이 흔들리고
검은 소는 질주한다
네 개의 은검이 등에 꽂히고
마드리드의 석양 아래 검은 황소는 쓰러진다
적막의 모래 위로
산 자와 죽은 소, 마주 선 그림자 사이로
붉게 번지는 핏물

박형, 이제 내려가자고
억새 축제를 끝낸 일행이 소매를 잡아끈다

툭, 기억은 거기서 끊기고
사람들은 어느새 막걸리를 돌리느라 여념이 없다
차창 너머 낮게 엎드린 명성산,
제 울음을 삼키고 있는데, 붉어지는데

• 자파테타(zapateta): 무희여 발을 더 힘차게 굴러라!

몸살

금기를 넘보는 자
몸에 살煞을 맞으리니

밭은 기침이 예사롭지 않더니
숨 살에 멍이 들어
무엇을 넘보았길래
무슨 상자를 열었길래
내장에 삭풍이 몰아쳐
의사처방도 소용없이
봄날을 앓는가

그예 환청까지 들리니
이제 알겠는가
네 아픔에 견줄 만한 우주의 아픔은
존재하지 않느니

그런가 정녕 그런가
이것은 변태 직전 고치의 몸앓음인가

금기 너머 비상 직전의 날개돋이인가

봄날 꽃을 바라보다

산책길, 흐드러진 봄의 꽃들을 바라보다

일순 피었다 저리 휘우뚱 지고 마는가
여름이 지나고
한바탕 장마가 지난 후
다시 가을이 오기까지
또 얼마나 많은 산과 들이
나무와 풀들이
지고 말 꽃들을 피울 것인가
한 줄 바람에도
얇은 햇살 한 줌 스치어도
수이 지는 꽃들이란
수직으로 추락하는 목련이든
빗살쳐 미끌어지는 벚꽃이든
제 아무리 낮게 엎드려도
그예 흙으로 돌아가는 민들레든
생이 너무 무거운 존재들

봄날 꽃들을 바라보는 일은
그렇다면 자기를 들여다보는 일인 터
붉게 달뜬 몸이 추락 직전의 꽃처럼 아득해

기억하라

1999년 10월 12일 0시 2분 사라예보의 한 병원에서 파티마 네비치가 3.6kg의 남자아이를 분만했으니, 유엔은 그를 지구상의 60억 명째 인류로 지명했다

기억하라, 직전에 혼돈과 어둠뿐이었다는 것을, 하느님이 흙으로 자기 형상대로 아담을 빚었으니, 그가 지구상의 첫 번째 인류였다는 것을

기억하라, 4,000년 전의 대홍수를, 죽을 것인가 죽일 것인가, 직후에 혼돈과 어둠뿐이라는 것을, 빛은 오직 직전과 직후 그 찰나의 차가움 속에서만 빛나고 있을 뿐임을

기억하라, 내가 그 경계를 만들었을 때 욥아 너는 어디 있었느냐, 네가 깨달아 알았거든 말할지니라

기억 상실

기억을 상실했습니다

직전에 혼돈과 어둠뿐이었다는 것을, 하느님이 흙으로 자기 형상대로 아담을 빚었으니, 그가 지구상의 첫 번째 인류였다는 것을

기억을 상실했습니다

4,000년 전의 대홍수를, 죽을 것인가 죽일 것인가, 직후에 혼돈과 어둠뿐이라는 것을, 빛은 오직 직전과 직후 그 찰나의 차가움 속에서만 빛나고 있을 뿐임을

내가 그 경계를 만들었을 때 욥아 너는 어디 있었느냐, 네가 깨달아 알았거든 말할지니라

나는 욥이 아닙니다 대체 그는 누구입니까 아니 나는 누구입니까

카메라 옵스큐라

#1. 빛의 제국/ 낮

줌인 아웃, 포커스가 맞춰지면 철제 침대 낡은 시트 위 남자가 쪼그리고 앉아 있다 창살 틈으로 한 줄기 빛이 들어오고 벽 모서리로 남자의 그림자가 길게 늘어진다

남자 : (벽을 향한 채) 태초에 말씀이 있었다… 그리하여 모든 삶은 빛에 기대었으니… (창틀을 바라보면서) 신민들아 빛이 너를 구원하리라

남자의 발밑에 개역한글 성경이 펼쳐져 있다 창세기 1장 3절 위로 약한 조명, 클로즈업, 하나님이 가라사대 빛이 있으라 하시매 빛이 있었고…

페이드 아웃, (음악) 세인트 케이트 존의 <Where Art Thou>가 흐른다, 페이드 인

#2. 어둠의 방/ 밤

복도의 푸른색 조명이 창틀 사이로 새어들고 어둠 속에서 서서히 형체가 드러나는 여자, 벌거벗은 채 장난감 아이를 안고 서성거린다

여자 : (아이를 바라보면서) 알겠느냐 이 에미는 물의 여신, 누(Nu)란다… 태초에 아무것도 없었으니 모든 삶은 공허하구나… (아이를 머리 위로 치켜들고) 내 딸, 너는 자존자自存者이니, 다만 스스로 있으리라

여자의 몸 아래서 위로 카메라 이동, 장난감 아이의 얼굴에서 정지, 아이의 눈동자 클로즈업

아이의 눈이 대형카메라의 렌즈로 디졸브된다

#3. 사진관

전형적인 1970년대 흑백사진관, 남자와 여자 그리고
두 딸이 가족사진을 찍기 위해 어색한 표정으로 서 있
고 사진사는 이제 사진을 찍으려고 한다

사진사 : (뒷모습만 보인다) 자 좀 더 크게 웃으시고…

가족들의 어색한 웃음과 함께 조명이 터진다 현상된
가족사진으로 디졸브, 사진 속에 흐릿한 글씨 서서히 클
로즈업

삶,에,대,한,모,든,진,술,은,단,지,편,견,에,지,나,지,
않,는,다

프시케, 나비, 영혼

앞서가던 덤프트럭 속도를 붙인다
일순,
수천의 낙엽들 공중으로 떠올라 흩어져

이승의 허물 벗어버리고
노랑나비, 호랑나비, 제비나비, 배추흰나비
나비 떼가 강을 건넌다

고대의 누군가도
저 풍경을 보았던 것

까치밥

첫눈이 내린 지 오래도록
가지만 저리 흥흥하도록
붉은 감 하나 까치밥으로 메달려 있어
미련한 집착이구나 싶었는데
오늘 그예 사라지고 보니
그게 아니었다
잎이 다 진 나무들
어느 것이 감나무고
어느 것이 단풍나무인지
도무지 모르겠다
내 안의 마지막 까치밥 하나는 무엇일까
문득 궁금하다
아니, 내 안에 과연
감나무를 감나무이게 하는
붉은 혼과 같은 까치밥 하나가
있기는 있는 것일까
모를 일이다

불과 겨울나무에 대한 상상

오랫동안 바라보고 있으면

불이 타오르지
타오름의 욕망이 하늘로 불길을 내고
쩍쩍 갈라진 가지가지
차오르는 불새들의 춤
뜨거운 교미
불의 한가운데 새들이 알을 낳는 것이야
불꽃 같은 산란
이윽고 격정의 불이 꺼지고
불길의 흔적마저 고요해지면
알들을 품은 겨울나무
다시 세상의 배경으로 돌아앉는 것이야

오랫동안 바라보고 있으면

죽음은 삶의 일부가 아니라는 비트겐쉬타 인氏의 주장은 틀렸다

배추벌레 속에 알을 낳고 알은 배추벌레를 먹고
열매가 씨앗을 품듯이 죽음이 삶을 품는 것이니
무덤을 뚫고 나와 이윽고 나나니벌 날아오른다

세상의 모든 경전과 법전이
죽은 자가 산 자를 위해 남긴 기록이라면
죽음이 삶을 가르치는 것이다

그렇지 않고서야
상처喪妻한 장자莊子가 곡哭은 않고 왜
대야를 두드리고 노래를 불렀겠는가

알고 보면 우리 모두
거대한 무덤을 딛고 피는 패랭이꽃 아니겠는가

슬픈 산타 페는 슬프다

산타 페가 아르헨티나의 그 항도를 말하는지
뉴멕시코의 그 고도를 말하는지
압구정의 그 카페를 말하는지
아니면 그곳까지 운행하는 그 뗏목의 이름인지
나는 모른다

다만 정한용의 시, 슬픈 산타 페는 슬프다
봄날 햇살 아래 시집, 슬픈 산타 페를 읽는 일은 슬프다

해가 질 것이라는 불길한 예감이므로
헛다리 짚어온 인생을 들춰내는 일이므로

슬픈 산타 페는 슬프다
누구도 피할 수 없다

곡우穀雨

꽃은 조등弔燈이다
비 내리고 불 꺼지면
가야 할 때에 이른 것

꽃은 뗏목이다
빗물 불어 강 흐르면
건너야 할 때에 이른 것

들의 꽃이 아름답다면
피는 일이 아니라
지는 일에 있음이니

5부

버리지 못한 편지

시집 밖의 시인들은 얼마나 시답잖은지

시인 김연숙이 전화로
시방 시인 문혜진이 옆에 있다고
인사동 무슨 무슨 술집으로 오라고 해서
물어물어 갔는데
마침 시인 박정대가 소월시문학상을 받은 날이라
뒤풀이를 하고 있던 모양인데
워낙에 시집 밖에서 시인들 만나는 일을 꺼렸던 터라
갑작스레 모 시인 모모 시인
시인 떼를 맞닥치고 보니
당황스럽기 그지없었지만
저쪽 구석에서 그래도 친한 시인 김연숙이 손을 들어 주고
그 옆에 보고 싶던 시인 문혜진하고 고영민도 앉았길래
그 옆 한자리 슬그머니 끼어
잠시 조용히 있다 가려고 한 것인데
시인 김연숙이 생뚱맞게
상 받고 뒤풀이하는 자린데
주인공한테 가서 술 한 잔 권하는 게 좋지 않겠냐

떠미는 바람에

기왕지사 언죽번죽

"나 박제영인데 축하합니다 술 한 잔 받으소"

했던 건데

시인 박정대 앞에 앉았던 시인 김상미가

"당신이 박제영인가, 푸르른… 뭐라던가 썼던"

하고 거드는 탓에

건넸던 술잔만 머쓱해지고

한술 더 떠 그 옆의 시인 박완호가

"그 친구 정대형 학교 후배요 고대"

하고 거드는데

시인 박정대는 뜬금없이

"난 고대가 아니고 정대야"

하는 통에

이거야 원 멀뚱멀뚱 난감하고 계면쩍어

다시 슬며시 시인 고영민 옆자리에 앉았다가

지며리 생각해봐도

시집 밖의 시인들은 얼마나 시답잖은지

취한 피

1

귀하는 음주 운전한 현행범이므로 형사소송법 제212조에 의해 영장 없이 체포하겠습니다. 귀하는 지금부터 변호사를 선임하여 도움을 받을 수 있으며 변명할 말씀이 있으면 해주기 바랍니다.

2

도로교통법 제78조 규정에 의하여 아래와 같이 행정처분 하고자 하오니 이의가 있는 경우에는 2000년 12월 31일까지 안양경찰서로 본 통지서, 운전면허증, 도장을 지참하시고 출석하거나, 이의 내용을 송부해주시기 바랍니다.

행정처분 내용 : 운전면허 취소
행정처분 사유 : 음주운전(0.102%)

(시간당 혈중알콜농도감소수치 0.005% 포함)

3

하느님 부처님
알라님 공자님
나는 너무 오래 취해왔으니까
이제 나를 체포하시지요
내 삶의 면허를 취소할 때가 되었나이다

딸꾹

버리지 못한 편지

시 쓰는 일 따위를 감히 산고産苦에 비교하는 너의 교만, 시 따위를 삶인 양하는 너의 위선만 버린다면 시도 쓸 만한 일이겠지

시 쓰는 일이란 그저 변비, 그 배변의 고통보다 조금 못한 일임을 네가 인정한다면 시도 읽어줄 만한 일이겠지

그러므로 나는 네가 시를 써서는 안 된다 생각하는 것이고, 설령 네가 계속 시를 쓴다 해도 그 시를 읽지 않을 것이다 (1987년 김영근)

네 편지를 찢어버리겠다는 생각만으로
십수 년 흘렀다
네 편지를 찢어버리기에는
너무 멀리 왔고
나는 여전히
시 쓰는 일 따위나 하고 있다

그 여자, 문을 열지 않는다

돌아갈까
기다려야 하나

당신은 언제나
그 경계에서
흔들리는데

여전히
그 여자, 문을 열지 않는다

처음부터
빈집이었을지도 모르는
모르는 그 여자, 밖에
모르는 당신

관양동 1004번지 백합타운 202호
그곳에 모르는 여자와
모르는 남자가 산다

살색은 살색殺色이다

딸과 함께 그린다
나무며 해바라기며 날짐승이며 들짐승이며
마음 가는 대로
그런데 아빠, 이게 왜 살색이야? 주황색이잖아
살색은 없단다
네 얼굴이 아빠 얼굴보다 더 하얗잖니
보렴 하늘색도 정해진 것이 아니란다
흐린 날 갠 날 그때마다 하늘은
다른 얼굴을 하고 있잖아

딸과 함께 그린다
하얀 딸은 내가 그린 그네를 타고
까만 나는 딸이 그린 해바라기 그늘에 앉았다
살찐 해는 배가 불러 어쩔 줄 모르고
말처럼 생긴 기린들은 들판을 거닌다
도화지 너머 아내의 웃음이 달처럼 떠 있다
가자꾸나 엄마가 밥 먹으러 오란다

밥을 먹다 말고
아내에게 한마디 건네고야 만다
여보, 살색이 살색殺色인 것이야
아내는 뜬금없다는 표정이다

동전의 옆면

동전에는 옆면도 있는데
역사는 늘 앞면과 뒷면만을 기록할 뿐이다
앞면과 뒷면의 전쟁
뒷면과 앞면의 평화
역사는 단 두 줄의 지루한 반복이다

그러나 동전을 쌓아보라
지워졌던 옆면이 생생生生히 드러나리니

앞면과 뒷면의 전쟁이 역사의 외록外錄이라면
켜켜이 쌓여있는 옆면의 죽음은 전쟁의 내록內錄이다
뒷면과 앞면의 평화가 역사의 외록이라면
옆면의 희생이 겹겹층층 쌓여있음 또한 평화의 내록이다

역사가 쇼부칠 때마다 동전을 던져 왔지만
앞면과 뒷면이 쇼부를 나눠 먹어 왔지만
단 한 번도 옆면이 나와본 적은 없지만
혹자는 그것을 기적이라고도 하지만

단언하건대

동전의 옆면은 기적이 아니라

바로 지금, 바로 여기, 바로 당신의

생생한 현실이다

이제는 옆면이 쇼부를 쳐야 할 때!

잡념과 잡설로 나의 30대는 지나갔다

잡념과 잡설로 나의 30대는 지나갔다

박제영

*

1992년 나는 두 개의 길을 걸어왔다. 두 길이 마침내 한 모서리에서 만났다. 닳고 닳았지만 어느 한 길도 희망이 보이질 않는다.

*

시실리가 詩失里이든 時失里이든 나는 너무 오랫동안 그곳에 갇혀있었는데, 언제부턴가 아주 詩詩하거나 無詩詩한 꿈들을 꾸곤 했었는데, 이제 그 꿈들조차 시들해졌는데, 모든 것이 詩큰둥하고 모든 것이 詩답잖고 또 모든 것이 屎詩해질 무렵, 나는 이제야 詩遠하다. 詩發.

*

혹한의 추위와 혹독한 바람의 매질을 버티며 나무는 제 몸에 단단한 울음을 새긴다. 이윽고 봄은 오고 겨우내 자란 새순이 돋는다. 그러니까 나이테는 수령의 표상이 아니라 먼 훗날 어느 울울창창할 숲의 징후다.

*

하루를 살아도 함께 살라고, 하루살이도 모듬살이라고, 붉은 노을 속 깨알처럼 펼쳐진 저 검은 경전을 읽지 못하면 백 년을 산들 하루살이만 못한 거다.

*

스팸메일이 하루에도 100개 이상 쌓인다. 누굴 탓할 일만은 아니다. 그들에게 틈을 보였던 것일 테고, 그들은 그 틈을 비집고 나를 흔들려 하는 것일 테니. 스팸메일에 따르면 나는 이런 사람이다.

1. 나는 섹스에 환장했고 변태를 즐긴다.
2. 나는 대학 학사학위에 목마른 놈이다.
3. 나는 페니스가 작아 대물 콤플렉스가 있다.
4. 나는 신용불량자이고 대출을 받아야 한다.
5. 나는 공짜라면 사족을 못 쓴다.

스팸메일을 지우다 문득 내 안의 빈 틈을 생각한다. 그들이 정확히 짚었을지도 모르겠다.

*

시를 쓰는 동안, 그 한 시간 동안 시인은 시인이 된다. 꽃 핀 동안, 그 한철 꽃은 꽃이 된다.

*

나무가 저의 수직 상승만을 욕망한다면, 저 울울창창한 숲은 만들지 못할 것이다. 숲은 한울(큰 우리)이 무엇인지 우리에게 상징적으로 보여준다. 나무도 서로 함께 춤추며 숲을 이룬다. 생존은 마침내 공존이다.

*

어제는 지구 반대편 검은 땅의 어느 일가가 굶주려 죽었다는 소식과 붉은 산 아래 어느 부족이 해방군에게 몰살당했다는 소식과 어느 식물이 멸종했다는 소식을 함께 들었다.

*

옥상에 매가 둥지를 틀자, 옥상 위로 모여들던 까치며 쥐도 사라졌다.

*

초등학교 6년, 중학교 3년, 고등학교 3년, 대학교 4년, 얼추 계산해도 16년을 배웠다. 국어, 영어, 한문, 독어, 국사, 세계사, 도덕, 사회, 수학, 물리, 화학, 지구과학, 생물, 기술, 음악, 미술, 체육, 정역학, 동역학, 열역학, 유체역학, 기구학, 공업수학, 논리학, 매스미디어, 서양철학, 동양철학, 경제학, 경영학, 심리학, 얼치기로 배웠다 쳐도 16년을 배웠으면 제법 배운 셈인데, 정작 내 손으로 옷도 밥도 집도 짓지 못한다. 흙도 나무도 물도 다루지 못한다. 남편 노릇이 뭔지 아버지 노릇이 뭔지 한마디로 사람 노릇이 뭔지 모른다.

*

모든 시는 낯설고 모든 시는 미래로 보일 것이다. 모든 시는 존재에 대한 질문이고 관계에 대한 질문일 것이다. 20세기 최고의 종교학자 중 한 사람인 폴 틸리히는 "인간이 우주 속에서 왜 사는지, 우주, 자연, 사회, 인간과 어떤 관계를 가지고 살아야 인간답게 사는 것인지를 추

구하는 개인은 이미 종교적"이라고 말하고 있다. 그런 면에서 모든 시인은 이미 신앙인이 아닐까.

뜨거운 봄날, 그보다 더 뜨거울 여름을 예감하면서 그것이 가을의 결실을 위한 예비임을 감지하는 자. 그리하여 기꺼이 그 뜨거움을 몸으로 받아들이는 자. 그가 시인이 아닌가.

태양을 향해 나뭇가지가 하늘로 솟아오를 때, 그를 지탱하기 위해 물을 길어 오르는 땅속의 뿌리에 대해 애정의 눈길을 보내는 자. 그리하여 보이지 않는 곳에 질문을 던지는 자. 그가 시인이 아닌가.

화엄의 가르침을 지금 이 자리에서 체득하고 있는 자. 그리하여 관계 속에서 개인인 '나들'이 가야 할 자리를 내어주고 있는 자. 그가 시인이 아니던가.

바람이 한 줄기 스치자, 이런저런 생각이 지나간다.

*

늘 같은 생각이지만 시란 시적인 것을 담아내는 그릇이며, 궁극적으로는 삶의 결과이다. 이 말은 시 또한 앎과 삶의 통풍을 통해서 행해지는 글쓰기에 다름 아님을 가리킨다. 시가 있고 삶이 있는 것이 아니라 삶의 구체적 증거로서 시가 있는 것. 끝

달아실에서 펴낸 박제영의 시집

시집 『안녕, 오타 벵가』(2021)

달아실어게인 시인선 03

시집 밖의 시인들은 얼마나 시답잖은지

1판 1쇄 발행	2024년 10월 31일
지은이	박제영
발행인	윤미소
발행처	(주)달아실출판사
책임편집	박제영
디자인	전부다
법률자문	김용진, 이종진
기획위원	박정대, 이홍섭, 전윤호
편집위원	김선순, 이나래
주소	강원도 춘천시 춘천로 257, 2층
전화	033-241-7661
팩스	033-241-7662
이메일	dalasilmoongo@naver.com
출판등록	2016년 12월 30일 제494호

ⓒ 박제영, 2024

ISBN 979-11-7207-035-9 03810